COLLECTION FOLIO

Philippe Delerm

Enregistrements pirates

Gallimard

Philippe Delerm est né le 27 novembre 1950 à Auvers-sur-Oise. Ses parents étaient instituteurs et il a passé son enfance dans des « maisons d'école » à Auvers, à Louveciennes, à Saint-Germain.

Après des études de lettres, il enseigne en Normandie où il vit depuis 1975. Il a reçu le prix Alain-Fournier 1990 pour *Autumn* (Folio n° 3166), le prix Grandgousier 1997 pour *La première gorgée de bière et autres plaisirs minuscules*, le prix des Libraires 1997 et le prix national des Bibliothécaires 1997 pour *Sundborn ou les jours de lumière* (Folio n° 3041).

La polenta

Au palais Sagredo, à Venise, Pietro Longhi a peint *La Chute des géants*. La fresque date de 1737. Le peintre avait trente-trois ans, et si sa technique, peaufinée à l'école bolognaise d'Antonio Balestra, s'y révèle impeccable, le sujet prête à sourire par son ambition même. Personnages musculeux, barbus et chevelus, anges dodus volant dans un ciel bleu laiteux avec une expression de terreur extatique, nuages menaçants, grands oiseaux noirs, Jupiter angoissant tenant la foudre dans ses mains et la colère au fond de son regard.

Tout cela s'inscrit sans effort dans les ors du palais.

Six ans plus tard, Longhi peint un petit tableau de soixante et un centimètres sur cinquante : *La Polenta*. C'est au fond d'une cuisine. Quatre domestiques. Deux jeunes hommes, vêtus de marron et de noir au premier plan. L'un, assis sur un tabouret, joue de la mandoline. Tout dans son attitude désinvolte trahit le séducteur léger, moqueur. À ses côtés, son compagnon semble bien différent. Sourire naïf aux lèvres, la main reposant sur la cuisse, plus proche de la table, il est tout engourdi, dans une béatitude qui doit venir un peu de la musique, beaucoup de la polenta que la servante est en train de déverser dans un plat sous son nez, et plus encore de son attrait pour la servante elle-même. Une seconde jeune femme, le balai à la main, s'est arrêtée de travailler pour contempler le plat, le coude nonchalamment appuyé contre un bahut.

Les personnages ne se regardent pas, mais on sent que les couples virtuels s'accordent ainsi : la balayeuse avec le mandolinier, le ravi avec la cuisinière. Les deux jeunes femmes sont vêtues de clair à l'arrière-plan, autant que les garçons de sombre. Mais c'est la matière presque liquide de la polenta qui cristallise le moment. Longhi l'a saisie brûlante dans son écoulement. C'est un tableau qui sent la polenta. Il y a l'idée de plaisir dans le marivaudage des personnages autour de la table. Peut-être aussi, plus infime encore, l'idée du bonheur dans cette faim qui plane juste avant son assouvissement, dans l'or de la polenta bouillante.

Longhi ne peindra plus jamais de Jupiter. Il a choisi la polenta.

Les mains au fond des poches

Elle traverse la place Saint-Sulpice, tout à fait vide en ce dimanche soir d'automne. Les jets d'eau de la fontaine n'éclaboussent plus les statues des évêques. Elle a défait la laisse de son chien ; le cocker fou de joie court dans les feuilles. Elle sort son chien. Le prosaïsme de la situation a toujours quelque chose de légèrement dégradant ; on le sait bien, il s'agit moins de satisfaire ses envies à elle que ses besoins à lui… Est-ce pour cela qu'elle arbore un air si détaché, d'une mélancolie absente, mains enfoncées dans les poches de son imperméable ?

Elle marche lentement. C'est drôle. Aucune autre attitude quotidienne, aucune pratique du dehors ne donne aux femmes cette prestance solitaire, un rien distante. Personne n'oserait l'aborder. Elle a les yeux baissés, elle ne va nulle part. Après avoir suivi la diagonale, elle longe les arbres à présent.

C'est important, les mains au fond des poches. Pas de sac à main, de sac à dos, pas de bras d'homme où se suspendre, de mère à soutenir, d'enfant à tenir par la main. Les mains au fond des poches : quelque part entre solitude et liberté. La lenteur désenchantée de sa marche tire la silhouette vers l'idée du passé, d'une nostalgie informulée, d'une insatisfaction sans origine. Avec les talons assez hauts, l'imper comme on en voit dans les vieux films italiens en noir et blanc sur l'incommunicabilité, sa silhouette est si féminine. Elle arrondit imperceptiblement le mouvement de ses jambes pour aller plus lentement encore. Bientôt elle appellera le chien, allez, on rentre maintenant. Comme si c'était rassurant de se dire que ce temps-là était organisé pour lui, ses courses folles et ses soulagements.

Mais non. Il est temps de rentrer avant que ses pensées à elle ne prennent un cours moins vague, ne basculent vers un ailleurs à l'avance décevant. C'est cela surtout qu'elle interrompt, les yeux perdus dans les branches, la voix faussement impérieuse. Elle n'est pas à ce qu'elle fait. Elle n'a pas non plus envie d'être à ce qu'elle ne fait pas. Le cocker obéit enfin. Elle s'accroupit. Pour traverser la rue, il faut remettre la laisse.

Emportée par la foule

Il fait rouler derrière lui une armature de poussette à commissions. La structure doit être un peu fragile pour accueillir l'ampli-magnétophone arrimé le plus solidement possible grâce à tout un bric-à-brac de bouts de fils de fer entremêlés. Mais, par prudence, il tire le tout à l'oblique, évitant toute verticalité excessive en tassant sa silhouette, genoux légèrement pliés. Avec l'accordéon en bandoulière, cela fait beaucoup de poids, d'embarras. On s'en rend compte quand il avance sur le quai. Dès qu'il grimpe dans le wagon, tout change. Un chapeau noir posé de guingois sur la tête, il prend aussitôt une posture avantageuse — ou juste équilibrée —, les reins cambrés. On n'a pas eu le temps de le voir appuyer sur une touche du magnétophone que déjà le wagon est envahi par une rythmique implacable, mêlée de lignes de violons. Il ne doit surtout pas donner l'impression que l'essentiel de la musique vient de la cassette enregistrée. Aussi attaque-t-il le pianotage de l'accordéon avec une précipitation outrancière, suivie bientôt du sourire mécanique qu'il adresse à la fois à sa musique elle-même et à l'effet de convivialité qu'elle est censée produire sur le public. Récemment encore, son sourire signifiait aussi qu'il était conscient de surprendre, mais l'inflation musicale métropolitaine a chassé cette idée. Il joue *Les Yeux noirs*, *La Java bleue*, mais on sent qu'il entre dans le paroxysme de l'exploit confortable avec *La Foule*. Parfois son sourire investigateur n'accroche aucun autre regard, et c'est un peu triste de le voir revenir à son instrument avec une concentration résignée. Il y a souvent un gosse qui réagit, donne du coude à sa mère, et ça suffit. C'est étrange, cette musique pour plaire à tout le monde, cette musique pour danser qui ne fait pas même lever les sourcils, comme si la quête avait commencé dès les premières notes, cette mélancolique musique de joie emportée par la foule.

La mousseline de crabe avec son toast farci

Vous ne saviez pas qu'ils vivaient ensemble. En fait, cela vous est d'autant plus indifférent que vous ne les connaissez que très vaguement l'un et l'autre. Vous prêtiez à la mousseline une personnalité vaporeuse, peut-être légèrement inconsistante, d'un raffinement prétentieux qui pouvait à l'expérience se révéler bien fade. Quant au toast, il vous semblait d'un abord plus simple, plus sympathique et familier. Mais vite vous avez senti la menace. Il n'est pas bêtement grillé, mais farci. Du coup, le voilà chargé de sa part de mystère. Un peu d'espoir supplémentaire, c'est entendu, mais de quoi donc peut-il se révéler farci ?

Au demeurant, il ne s'agit pas tant d'évaluer les mérites respectifs de la mousseline de crabe et du toast farci que de soupeser le pouvoir étonnant d'un de ces petits adjectifs de rien du tout qu'on éloigne de la cour royale des qualificatifs pour les ravaler au rang domestique de déterminant.

Pourtant, que deviendrait sur la ligne du menu ce léger hors-d'œuvre bicéphale si l'on ne mesurait à la lecture cette révélation qui change tout : la mousseline de crabe ne se produit qu'avec son toast farci ?

SON toast. Voilà une mousseline bien pimbêche. En quoi ce brave garçon lui appartient-il ? Il est sa chose, accompagnateur modeste, au mieux prince consort. Elle a besoin de lui, pourtant ; sans son toast, elle craindrait de n'être pas assez remarquée, pas assez désirée, que son spectacle Belle Époque ne soit un four.

Ou bien, tout au contraire, la mousseline est une star un peu âgée qui veut imposer sur la scène à ses côtés un gigolo sans expérience. Oui, ce serait mieux ainsi. On entendrait un son plus tendre. Une façon de dire par bravade aux directeurs de music-hall je ne me déplace pas sans lui.

— Et pour vous, ce sera ?

Au fond, ni l'un ni l'autre ne vous tentent, mais tant d'efforts pour se justifier ensemble méritent bien leur récompense.

— La mousseline de crabe avec son toast farci.

L'instant texto

Un petit bip-bip l'annonce, une enveloppe dessinée sur l'écran du téléphone portable, en haut à gauche. Une simple pression du pouce, et les mots viennent se ranger :

« Je suis au Jardin des Plantes. Il fait beau. Je lis le dernier de Botton. Je vous embrasse.

Transmis le 10.04.2003

15.45.37

Venant de V… 06 89… »

On lit le texte quelques secondes après qu'il a été formulé. Les lettres noires sont étranges. Chacune est constituée d'une infinité de carrés minuscules qui donnent aux mots une espèce de relief aux contours un peu rêches, d'une régularité synthétique prodigieuse : on s'étonne de voir cette machinerie quasi virtuelle obéir à la volonté de quelqu'un que l'on connaît, transfuser sa présence.

On est sur un trottoir, dans une autre ville. On n'est pas allé chercher le message dans une boîte aux lettres avec l'idée d'espoir, d'attente, le rite du décachetage, le risque d'une déception. On n'était pas dans un bureau, comme pour le fax. Le texto surgit dans l'effraction la plus neutre, la plus douce. Au lieu de traverser au feu rouge on le regarde, dans le creux de sa main. Une minute à peine… « Je suis au Jardin des Plantes » est toujours vrai. « Je lis le dernier de Botton » n'a été faux qu'à l'instant précis où V… a suspendu son temps pour vous le faire partager. Le présent du texto n'a pas d'équivalent. Sur fond d'écran légèrement verdâtre, en lettres mal ébarbillées, il ne demande rien que du silence. Une autre vie est là, avec un décalage si infime qu'il semble une complicité supplémentaire. C'est comme si l'on jouait à franchir les parois de verre dans le labyrinthe de la fête foraine. Il semble qu'il n'y ait pas d'ondes électriques — seulement cette horizontalité des lignes plates qui ont effacé tout l'espace. Dans le creux de la main, elles prennent du relief, soudain : les arbres du Jardin des Plantes, un squelette de dinosaure derrière les fenêtres, un coin de ciel bleu parisien. Au troisième feu rouge on va finir par traverser.

Les chevaliers du brise-glace

Un compartiment de deuxième classe, banquettes gris souris rayées de vert pâle. Les deux couples de personnes âgées — soixante-dix ans à peu près — ont commencé à se parler à cinquante kilomètres de l'arrivée à Saint-Lazare. Ce genre de convivialité se déclenche toujours vers Mantes-la-Jolie : avant, on ne serait pas sûr d'avoir à dire jusqu'à Paris ; après, l'enjeu de la conversation deviendrait dérisoire. Les vitres sont tout embuées, on est en plein décembre. Il y a eu sans doute en préambule une remarque sur le chauffage, ou l'affabilité du contrôleur. Et puis très vite ils sont venus à l'essentiel :

— Nous avons fait Venise l'année dernière à Pâques. Très beau, bien sûr, mais trois jours de pluie sur une semaine. Heureusement, la chambre de l'hôtel était très confortable. C'était avec Donatello...

— Ah ! il ne faut jamais aller en Italie à Pâques.

En mai, oui, mais avril... Déjà, si vous n'avez pas eu d'*aqua alta*, vous pouvez dire que vous avez de la chance !

Le premier couple opine docilement du chef. Mais on sent bien qu'ils ne vont pas rester prostrés sous cette chape de condescendance. De fait, la petite dame aux doigts améthystés, sanglée dans son confortable pantalon fuseau noir, a tôt fait de contre-attaquer en imposant le séjour égyptien de trois semaines sans le moindre nuage, bateau-cabine sur le Nil, un guide délicieux, petit déjeuner presque trop copieux. Le monsieur kaki tout laine et tout velours la laisse un peu venir, s'assure de la faille et y enfonce un coin pervers :

— Ah ! vous n'avez pas séjourné au Caire ? Pour moi, toute l'âme de l'Égypte est là...

Dès lors, la compétition s'accélère. L'écart entre la forme — amène, caressante — et le fond — didactique, presque blessant — s'accentue sans vergogne. En cinquante kilomètres ferroviaires, les safaris kenyans montent à l'assaut des tableaux de Saint-Pétersbourg, la plage de Porte-Vecchio à la mi-juin lutte courageusement contre les palmiers de Maurice en janvier. Mais la petite dame noire a du tonus. C'est elle qui porte l'estocade, en tirant de sa ceinture une dague assassine :

— L'année prochaine, nous faisons la Finlande en brise-glace.

Déjà le train s'arrête. Encore auréolée de sa victoire, la chevalière du brise-glace se tourne vers un spectateur muet, témoin de son triomphe :

— Jeune homme, mon mari a des problèmes de dos. Pourriez-vous nous descendre la valise ?

Je suis en réunion

La première fois, on est resté un peu interloqué. Il a décroché le téléphone, esquissé un geste d'excuse :

— Est-ce que tu peux me rappeler plus tard ? Je suis en réunion.

En réunion. Oui, bien sûr, on était là, dans son bureau. Passé au débotté, on avait eu la bonne surprise de le trouver libre et de pouvoir s'asseoir quelques minutes pour papoter. En réunion… C'était plutôt flatteur. Peut-être une manière pour lui de manifester combien il appréciait votre visite. Quoique à la réflexion… On ne voyait pas bien en quoi elle pouvait prendre des proportions si conséquentes, au point de se voir métamorphosée en commission protocolaire. « En rendez-vous » eût déjà été emphatique — et pour tout dire, faux. « En réunion » basculait nettement vers le mensonge, établissait une complicité de mauvais aloi que l'on se sentait à la fois penaud et fier de partager. Mais non. Le téléphone reposé, rien dans son attitude ne trahissait la moindre gêne et la conversation reprenait, légère et sans enjeu.

Il y eut d'autres fois. Avec lui, avec elle, avec bien d'autres.

Ne pouvant qualifier de menteurs des gens qu'on estimait, il a fallu chercher ailleurs. C'est l'expression « en réunion » qui avait à l'évidence changé de sens et de portée. Sans doute traduisait-elle une expansion sémantique du travail — rencontrer quelqu'un avec qui l'on avait un vague rapport professionnel, lui consacrer quelques minutes de bavardage faisait désormais partie d'un code élargi de l'activité officielle. Cela devait venir d'Amérique, d'une civilisation bureaucratique où le cool et le stress entretenaient de coupables rapports — et c'est toujours le stress qui l'emporte dans ces cas-là.

Et puis on n'est pas toujours celui qui passe. Parfois, on est celui qui téléphone. Est-ce bien agréable alors de s'entendre éconduire avec ces mots dont on connaît le poids :

— Je ne peux pas vous le passer. Il est en réunion.

Ce soir

Cette liberté-là, à ce point-là, on la sent juste une fois dans l'année.

C'est peut-être vers le 15 août, disons un peu avant : on n'a pas encore la sensation que l'été commence à finir, et pourtant les soirées sont plus courtes. Dans un tout petit village. Neuf heures du soir. Il y a encore des dîneurs, sous un parasol qui ne sert plus à rien — la cour devant leur maison est déjà dans l'ombre. Ils ont l'air bien, dans un silence paisiblement masticatoire. Ils mangent de la viande froide avec de la salade, l'assiette de fromages est posée à côté de la carafe, et même le compotier. Dans l'arrondi de leurs gestes, on voit qu'ils ont le sentiment d'avoir fait le bon choix. C'est drôle, on a exactement le même sentiment parce qu'on a mangé un peu plus tôt et qu'on marche à la fraîche, très lentement, en saluant les dîneurs au passage.

Blotties contre les marches de l'église, trois collégiennes accroupies bavardent sans interruption ni fou rire, et on ne peut rien deviner de leurs propos, mais la musique des phrases a une sérénité particulière, dans la fraîcheur qui monte à peine. Il y a un groupe de gamins qui ont réenfourché leur bicyclette, le repas fini. Ils tournent autour de la place, mais sans exploit, sans roue dressée en l'air, sans gymkhana furieux : chaque pédalée semble étirée avec une espèce de gravité intérieure, comme s'ils décantaient l'essence du plaisir cycliste. Un père en bermuda porte sur ses épaules une petite fille toute fraîche d'après douche, dans son pyjama vert pâle. Il se penche, elle effleure de sa main l'eau de la fontaine, réclame des « encore » mais sans insister, puis on va la coucher. Il y a ce vieux bonhomme à béret qui promène ses chiens, aussi claudicants que lui, mais leurs boitements alternés tiennent davantage de la complicité que de la souffrance. Une voiture passe, et le vieux la suit longuement des yeux. Il n'y a pas du tout de vent. Cette liberté-là, presque palpable dans l'air doux on la sent bien, ce soir : tout le monde a choisi. Vraiment.

Qui est la mère, qui est la fille !

C'est une phrase suscitée. Les gens jeunes ne la prononcent pas. Pour les hommes, ce serait d'une galanterie surannée, presque niaiseuse. Et les jeunes femmes feignent de ne rien voir. Non, la provocation agit sur les plus âgés : il faut un bourrelet de distanciation bonhomme, une avenante goguenardise, moi vous savez j'en ai tant vu, et puis je suis sorti du jeu, je peux tout dire. C'est souvent sur le trottoir, ou devant l'étal des fruits, sur le marché. L'adolescente ne devait pas déborder d'enthousiasme à l'idée d'accompagner sa mère. Ce n'est pas tant le poids du panier qui était en cause, mais la redoutable stratégie de coquetterie maternelle déployée un quart d'heure avant de quitter la maison. Tout d'un coup, plus la moindre mauvaise humeur, contrariété interdite, vague à l'âme proscrit : un enjouement charmeur avec des ma chérie partout, ceinture sanglée comme jamais sur le jean clair, petit haut caraco dont la bretelle sur l'épaule pourrait glisser — c'est le conditionnel qui compte, la mère sait qu'elle doit jouer sur la fraîcheur, mais une touche suggérée de provocation inconsciente fait partie de la panoplie.

Dès lors, la fille connaît le scénario par cœur. Le trajet, le marché lui-même seront vécus dans un butinement ébloui, des olivettes, je me damnerais pour ça, ah ! des marat, mais si, tu sais bien, celles qui ont un goût de fraises des bois, je peux goûter, merci monsieur, c'est délicieux ! L'adolescente est coincée. Se renfrogner ne ferait qu'aviver le contraste, la ravaler au stade d'une laborieuse puberté. Alors elle se laisse emporter en apparence, essaie même de se convaincre qu'un peu de charme familial à deux n'aurait rien de dévalorisant pour elle. Et puis cette complicité monnaiera bien, plus tard, quelque avantage. Parfois, elle admire vraiment sa mère. Plus souvent, une espèce de pitié attendrie s'allume au fond de son regard, quand elle voit s'approcher la bonne âme espérée, chute obligée du story-board de la séduction maraîchère. Le texte est déjà prêt. La dame au cabas croit-elle l'inventer, ou bien a-t-elle conscience de le dire avec un vague apprêt ? Tant pis si les mots sont un peu cruels pour l'adolescente, c'est si bon de pratiquer la flagornerie rampante, quand la scène s'impose avec autant d'éclat :

— Écoutez, vraiment, on ne sait pas qui est la mère, qui est la fille !

Pierre et seul pour la vie

Sur le mur du tunnel piétonnier, sous le RER, les lettres noires irrégulières se détachent. Des milliers de gens passent devant cette phrase tous les jours. Pour beaucoup, elle a cessé d'exprimer un message, est devenue tellement familière qu'elle sert de baromètre à leur humeur du moment, leur fatigue ou leur énergie, et plus souvent à leur indifférence : ce tunnel n'est qu'un territoire d'écoulement anonyme. « Pierre et seul pour la vie. » La première fois qu'on la décrypte, on est touché. On ressent la faute d'orthographe comme l'émanation d'un chagrin plus fort, irrémédiable. C'est peut-être absurde, une sorte de racisme à l'envers, un politiquement correct qui ne manque pas une occasion de se donner bonne conscience. C'est ce qu'on pense après, quand on revoit les mots. Mais l'impression première reste la plus forte. Ce « Pierre et seul » est une tache de sang dans le ronron des trajets moutonniers. Quelqu'un qui n'écrit pas souvent a écrit ça. La nuit, après pas mal d'alcool sans doute.

Un chagrin d'amour. Beaucoup d'emphase mélodramatique, mais pèse-t-elle tout à fait du même poids s'il s'agit de quelqu'un qui ne lit plus jamais ? « Pour la vie » serait un cliché presque indécent sous la plume d'un nanti culturel. Mais sous la bombe de peinture d'un errant, « pour la vie » sonne tout triste, simplement.

Le lyrisme toutefois réside moins dans « et », dans « pour la vie », que dans le prénom — Pierre. Il aurait pu dire « je ». Mais bien avant le chant du coq, Pierre s'est donné en pâture à un public qui ne le connaît pas. Sa confidence dérisoire bave un peu. Il a parlé de lui à la troisième personne, s'est regardé pleurer, s'est fait pleurer, peut-être ? Les mots ont-ils exorcisé ce trop-plein maladroit ? Ils restent sur le mur en attendant qu'on le repeigne. Certains les lisent et sont touchés pour la première fois.

P'tit' mère !

Le sourire est ému, l'œil vibrant de compassion admirative, l'inflexion de la voix protectrice :

— P'tit' mère !

La femme qui parle est une dame entre deux âges. Fière de sa simplicité. On sent qu'elle estime être dans le juste milieu — à l'occasion, elle manifesterait vite une certaine acrimonie contre les bourgeois, un certain mépris pour les Manouches. Elle a un style mémère. Et c'est précisément ce qu'elle décèle dans la personnalité de la petite fille qu'elle a sous les yeux : une indéniable potentialité de mémérisation précoce. Osons le dire : elle ne regarde pas une petite fille, mais la petite fille qu'elle a été, qu'elle pourrait être encore. Elle se regarde. C'est vrai que la fillette a cet enjouement maniéré, coquet, qui fait dire à tout coup :

— Qu'est-ce qu'ils sont éveillés les gosses, maintenant !

Par exemple, elle a fait pouffer l'aréopage féminin rassemblé autour d'elle avec un « Tu sens pas bon Pépé ! » ou un « Papa, il finit les bouteilles en cachette ! » qui témoignent moins d'un féminisme latent que d'une soumission perverse à un patriarcat dévoyé. La maman a fait semblant de la réprimander — avec quelle coupable gourmandise ! Mais la dame en face a dit :

— P'tit' mère !

Oui, p'tit' mère. Un je-ne-sais-quoi dans la gamine annonce déjà qu'elle ne sera que fortuitement jeune fille, jeune femme, que l'essence de la féminisation prend déjà en elle un caractère mémère qui ne saurait être ressenti triomphalement à l'âge adulte, mais qu'il est délicieux de constater, patent, irréductible, dans les minauderies d'une petite fille sans liberté, réduite à ce carcan social qui l'émoustille et la condamne :

— Pauv' p'tit' mère !

Sommeils

C'est à la fin d'une fête familiale, ou d'une réunion d'amis. Il est tard, tout autour on continue de parler fort, de rire, d'entrechoquer des verres, il peut même y avoir de la musique, rien n'y fait. Il s'est endormi sur un coin du sofa, un bras étendu en arrière, la tête renversée. Il a deux ans, trois ans. Ce n'est plus un bébé, mais il n'a pas encore l'âge de raison : c'est ainsi qu'on appelle l'âge où le sommeil commence à faire peur. Abandonné, offert, il fait pitié, il fait envie : « Le pauvre, il doit être mal !... C'est beau, quand même !... » Et souvent on ajoute : « Cette confiance... ».

Oui, cette confiance : dans la volupté féline de l'endormissement, on lit cette nuance morale, comme si elle tenait du consentement, comme si cette prise de risque virtuelle était délibérée.

On s'est levé. On a cru qu'il s'était réveillé. On est allé ouvrir la porte de sa chambre. Mais non. Il a peut-être parlé en rêvant. On va éteindre la lampe de chevet mais, au moment d'appuyer sur l'interrupteur, on se ravise. On le regarde. Dormir ? Est-ce dormir, cette crispation douloureuse de tout l'être — le ronflement même ne semble s'élever que pour exprimer une souffrance insupportable, devant quelles images mêlées, quelles bizarreries à demi émergées de la conscience ? Il a plus de quatre-vingts ans, il dort comme on s'enfouit : le lit est la tranchée de toutes ses angoisses.

Celui qui risque tout s'expose à découvert. Celui qui n'a plus rien à espérer est tout givré de peur. Sommeil ouvert, sommeil fermé, la nuit dort à l'envers.

Ondes pacifiantes

Le ronron du réfrigérateur. Une espèce de vibration électrique, a priori monocorde et ponctuelle, dont le déclenchement devrait à la rigueur susciter un vague agacement. Mais ce n'est pas du tout ça. Pourquoi le ronron du réfrigérateur fait-il du bien ? D'abord, si on le perçoit vraiment — pas seulement par les oreilles, il pénètre le corps entier —, c'est que la cuisine est suffisamment silencieuse, qu'on a coupé le babil fleuve de la radio. Il monte dans des heures suspendues, des heures de rien, milieu de matinée, milieu d'après-midi, il joue sur la profondeur du silence, en donne la conscience en l'abolissant — c'est un bruit qui fait du silence.

Tu ne trouves pas qu'il se met en marche de plus en plus souvent, que ça dure bien longtemps ? Il est trop vieux, ce réfrigérateur, il va nous lâcher, il faudrait le changer. On dit ça, mais on sait bien en même temps que c'est bon d'avoir un vieux réfrigérateur fatigué qui garde au frais les carottes et les poireaux avec la même docilité qu'une antique fourgonnette au diesel ronfleur mettrait à les apporter au marché à cinquante à l'heure.

Téléviseur, téléphone, et même sonnerie de la porte d'entrée : tous les bruits, toutes les ondes domestiques agressent, traversent, bousculent. Le ronron du réfrigérateur au contraire émet des ondes pacifiantes, qui font chanter le gondolier sur la boîte de biscuits, donnent une consistance plus moelleuse aux madeleines sous leur Cellophane. L'eau qui bout devient vivante à l'heure du café, le chuintement de la soupe réchauffe à l'avance. Mais l'âme sonore de la cuisine, c'est le ronron du réfrigérateur.

J'emmerde le toubib

Il persiste dans le jaune. Depuis deux bonnes heures, et combien de levées de coude ? Quand on boit vraiment, on ne compte pas.

— Dis donc, Marcel, tu crois pas qu' ça va bien faire pour aujourd'hui ?

Le patron du bar a dit ça plutôt gentiment, en rinçant ses verres, Gauloise collée à la lèvre inférieure. Pas vraiment d'intimidation dans l'inflexion de sa voix ; plutôt la clairvoyance compassionnelle du professionnel qui sait à quel degré d'alcoolisation il peut placer ça — le seuil de la susceptibilité explosive est dépassé depuis au moins trois verres.

— Allez Roger, remets-m'en un dernier pour la route !

Ça se passe entre gentlemen, chacune des deux parties transige sans déchoir. Quelques clients accoudés au zinc apprécient en silence. Les attablés font mine de ne rien entendre. Mais au moment précis où Roger lui glisse sous le nez son dernier pastis, Marcel retrouve une vigueur sonore inespérée et, prenant à témoin toute l'assistance, il lance une imprécation vengeresse dont la violence — moins liée à l'agressivité qu'à un rassemblement inquiet de ses facultés éparses — est aussitôt démentie par un sourire triomphal :

— J'emmerde le toubib !

Ah ! voilà du panache. Le penchant coupable de Marcel pour les apéritifs anisés change soudain de nature. Il s'agit en fait de vivre dangereusement, de narguer la Faucheuse avec l'ironie sarcastique de l'anarchiste au drapeau noir déployé. On croit percevoir un murmure approbateur aux lèvres des muets du comptoir — peut-être se sentent-ils eux-mêmes ravigotés dans leurs inquiétudes métaphysiques.

Un zeste d'admiration. Une pincée de connivence. Murmure dans un premier temps. Et puis silence, et comme un léger doute. C'est vrai que le courage de Marcel est de l'espèce virtuelle. Le praticien incriminé — si toubib il y a — n'est vraisemblablement pas à portée d'oreille, et son droit de réponse s'en trouve quelque peu différé. Mais le pire, c'est que tous les accoudés imaginent à présent quelques instants l'effet objectif que la menace de Marcel produirait sur le docteur si ce dernier venait à en être avisé. Une question terrible vole dans l'air lourd saturé d'effluves tabagiques. Une pudeur chevaleresque évitera qu'elle soit jamais posée. Et si Marcel n'emmerdait plus personne ?

Jonquilles sur le quai

C'est juste après le changement d'heure du printemps. Avant, le train pour Paris de dix-sept heures trente-six semblait bien un train du dimanche soir, mais il est devenu tout à coup un train d'après-midi. Il n'a pas fait très beau tout le week-end, et le soleil est venu maintenant, presque ironique dans l'air d'avril tout pâle et doux. Sur le quai de la gare il y a des étudiants, en couples qui se quittent, enlacés tristement, ou bien en couples qui vont partir ensemble — et c'est assez mélancolique, cette contiguïté de situations à la fois si similaires et si différentes, ceux qui vont être séparés, ceux qui n'attendent que le train.

Mais la plupart des voyageurs sont solitaires, accompagnés par leurs parents — des pères, surtout : les mères sont restées à la maison, s'occuper des plus petits, ranger le goûter. Et puis, il ne faut pas que ce départ soit trop solennel.

Les propos sont plutôt enjoués, on entend des rires, des projets, des « la prochaine fois »… Mais ce petit ravigotement final sonne un peu faux, comme s'il voulait cacher une sensible différence entre ceux qui s'en reviennent vers Paris, guettés par un ailleurs, des espoirs, des projets… et ceux qui vont rester à quai, gardiens d'une vie balisée, accueillante mais fermée.

— Ça m'a fait du bien. Plus de stress pendant deux jours. J'ai laissé mon portable éteint.

On rencontre un vieux prof du lycée. Un DEA ? C'est bien… Oui, ça sert à ça, la province. Évacuer le stress. Se gonfler les poumons d'un vide bienfaisant, retrouver quelques souvenirs au moment de partir. Au coin du sac, dans du papier d'aluminium, un bouquet de jonquilles encore mouillées.

Y a qu'en France qu'on voit ça !

On n'aurait pas prêté a priori à la personne qui vient de s'exprimer ainsi une connaissance exhaustive des manières de pratiquer dans l'ensemble de la planète, mais le verdict est tombé sans appel : « Y a qu'en France qu'on voit ça ! »

Le pire, c'est qu'une docilité coupable vous encourage presque à approuver cette déclaration furibarde. Au dernier moment, un vieux reste d'honnêteté intellectuelle retient au bord de vos lèvres l'adhésion souhaitée. Tout compte fait, vous n'êtes pas absolument certain que ça se passe vraiment mieux — en matière de paperasse et d'administration : c'est de cela qu'il s'agit en général — au fin fond de la Russie ou de la Patagonie septentrionale. Mais le furieux passe outre, et reprend une partie de sa phrase, avec une autorité plus appuyée et un hochement de tête apitoyé, comme si l'autoconviction rendait la thèse irréfutable :

— Y a qu'en France !

Le propos traduit moins la révolte qu'une résignation longtemps contenue qui lâche enfin la bonde. On n'y changera rien, mais ça soulage de le dire. Le plus étonnant, c'est que l'on croit déceler, sous l'apparence antipatriotique du propos, une satisfaction secrète d'avoir affaire à une tare spécifique, une opposition obtuse mais bien-de-chez-soi. D'ailleurs, à bien y regarder, peu d'autochtones vous semblent aussi français que celui qui vient de jeter ainsi l'anathème. N'est-ce pas même un aveu de franchouillardise délibéré, cette façon de critiquer une certaine idée que se font les Français de la malveillante entité qui les dirige ? Il ne s'agit pas des Français, pas même de la France, mais d'« en France ». Il est question de cette contrée abstraite où un pouvoir lointain délègue au laxisme de ses satellites la possibilité légale d'enquiquiner les gens.

Parfois, un je-sais-tout intervient dans le débat, qu'il écrase de sa sérénité clairvoyante de voyageur mondialiste. « Ne croyez pas ça ! C'est partout pareil. » On n'aime pas ça. On lui en veut, et l'on se sent pris d'une subite sympathie pour les atrabilaires. C'est tellement mieux, s'il n'y a qu'en France qu'on voit ça !

C'est là que ça se passe

C'est une zone intermédiaire, dont la révélation ne devrait rien avoir en soi de bouleversant : un bout de dos, quand elles se penchent et que le tee-shirt se relève en haut du jean. Rien à voir avec l'accroupissement des hommes que la moindre tâche matérielle — changement de roue, desserrage d'un siphon — dénude naïvement, faisant apparaître la commissure des fesses avec une fossette pouponnesque. Chez elles c'est toujours plus bas, plus loin. L'enjeu peut venir de la jupe, du croisement des jambes, et peu importe la longueur de l'étoffe au-dessus des genoux. Ce qui compte n'est pas la partie découverte mais l'idée, exaspérée par le crissement du collant quand elles rectifient la position, croisent moins haut, ou tirent légèrement le bord de la jupe. Elles savent alors qu'elles donnent quelque chose et rien. Rien. La moindre plage d'été livrera bien davantage — en apparence. Car tout est dans le jeu des regards posés sur elles, qu'ils soient gênés, furtifs ou appuyés, et plus encore peut-être dans leurs propres regards, faussement détachés, faussement ailleurs, parfaitement conscients des marges abandonnées. Une épaule quelques secondes délaissée par une bretelle flottante, l'entrecroisement rapide de deux jambes : des zones très peu franches où les tensions se cristallisent. C'était autrefois la vue d'une cheville à la descente d'un tilbury, et c'était moins et plus. Peu importent l'époque et la nature du vêtement. On est toujours sous la menace de l'ourlet.

Visiteurs programmés

Le guide fait visiter l'abbaye. Un jeune homme barbu et chevelu, style étudiant en histoire de l'art, pull jeté sur les épaules. Le groupe qui le suit est assez mince : une dizaine de personnes, des couples qui ne se connaissent pas et gardent entre eux une distance un peu gênée dans les moments où il faut faire cercle autour du causeur.

— Alors, voilà le prieuré. En haut, les appartement du père abbé. Vous allez peut-être penser qu'il ne s'embêtait pas. En fait, il s'ennuyait d'autant moins qu'il n'était presque jamais là…

La faconde du conférencier lui est sans doute naturelle. Mais elle semble d'autant mieux prendre son envol en s'appuyant sur un public engourdi, silencieux, confit dans l'apprêt des gabardines, des impers demi-saison, sanglé dans une résignation scolaire. Seule une dame corpulente a senti qu'il était temps de risquer une sortie.

Depuis quelques minutes, on sentait qu'elle attendait une occasion. L'évocation de la tour austère lui offre une opportunité de première bouche :

— Et que sont devenues les cloches ?

Personne dans l'assistance ne croit une seconde à son intérêt pour la réponse. Elle a dit ça seulement pour rappeler à chacun qu'il n'était pas décent de s'abandonner servilement à une érudition outrancière. Tous les autres membres du groupe s'efforcent de ne pas la regarder, comme si la question était stupide, ou comme s'ils auraient pu la poser — au fond d'eux-mêmes, toutefois, quelques-uns savent qu'ils n'eussent jamais eu le courage de prendre la parole sans trembler.

La réaction du guide est équivoque. Il lui est difficile de ne pas saluer favorablement l'irruption d'une réaction vivante au milieu d'un aréopage certes mortifère, mais qu'il conduisait à sa guise. Sur la question des cloches, il reste assez circonspect, évoque plusieurs hypothèses. La dame hoche la tête, avec un acquiescement poli qui ne s'en laisse pas conter.

La petite troupe reprend sa marche vers les ruines de l'ancienne église. Le pire est à venir, le conférencier le sait bien. Plus redoutable que l'intervention claironnante sera celle d'un quinquagénaire en apparence très discret qui va profiter du bref déplacement pour solliciter un échange complice, sans que les autres entendent. L'équilibre du groupe s'en trouvera bouleversé jusqu'à la fin de la visite — les silencieux seront désormais des silencieux militants, qui auront choisi cette attitude par pudeur. Depuis longtemps, le guide s'y est résigné. Il faut toujours qu'il y ait la bonne élève un peu roublarde et le confident importun.

Trois hommes en colère

C'est assez impressionnant. Deux hommes sont là, presque seuls au milieu du hall immense de la gare, vers onze heures du soir. Ils se disputent violemment. Des bouts de phrases hachées, quasi incompréhensibles, des mots qui font mal. On se sent gêné de les entendre monter le long des murs, résonner sous la voûte. On n'a pas l'impression que les deux hommes pourraient en venir aux mains, mais c'est presque pire : les reproches échangés traduisent par eux-mêmes une violence palpable, et cela semble une faute d'avoir à les partager. On ne veut pas faire un détour trop ostentatoire pour les éviter. Difficile en même temps de jouer la plus complète indifférence. On opte pour un trajet médian qui vous fera passer à quelques mètres, ni innocent ni importun. Mais au moment même où l'on a opté pour un angle de traversée, on éprouve la désagréable sensation que l'un des deux querelleurs

— curieusement celui qui vous tourne le dos — se déplace insensiblement dans votre direction tout en vociférant. De fait, et sans faire mine d'avoir décelé votre présence, il va finir par vous effleurer comme par mégarde. Il se retourne alors avec une expression de fausse surprise difficile à supporter. Mais plus éprouvant encore est son brutal changement de registre. Il passe en une fraction de seconde de l'imprécation à la civilité la plus appuyée :

— Pardonnez-moi, monsieur !

Il va jusqu'à vous prendre le bras, dans un geste mi-cérémonieux mi-amical qui vous écœure. Car vous aviez pressenti d'emblée tout son petit manège, cette odieuse mise en scène qui voudrait le faire passer pour celui des deux dont la colère est légitime, puisqu'elle peut à la moindre occasion se muer en une attitude radicalement différente. Vous lui arrachez vivement votre main, et vous passez votre chemin. S'il savait à quel point vous avez pris parti pour l'autre !

Tu as mis le chapeau ?

Il y a sûrement une explication linguistique. Mais le résultat est là : c'est seulement dans le Sud-Est, et davantage sur la Côte, de Marseille à Nice, qu'on entend :

— On va manger la pizza.

L'accent du Midi compte pour beaucoup dans l'impression produite sur le Septentrional (ainsi, dans la pizza, cette presque disparition de la seconde syllabe au profit de l'accent tonique). Mais l'emploi de l'article défini n'est pas sans importance. Manger une pizza et manger la pizza sont deux choses bien différentes. Dans le premier cas, les connotations peuvent rester variées. On va manger une pizza, comme ça, une petite chose vite avalée avant d'aller au cinéma. S'il s'agit d'un choix plus délibéré, d'un repas plus lent, manger une pizza révoque et contient toutes les possibilités de restauration qui s'offraient objectivement à vous. Rien de tel avec le « on va manger la pizza » marseillais. Cette fois, il s'agit d'un rite, qu'il est de bon ton d'associer à certains quartiers. Manger la pizza devient une façon de vivre, à laquelle on ne saurait sacrifier dans la précipitation, ni dans le choix du dernier moment. On sent l'odeur du feu, on voit la farine sur les bras du pizzaiolo : dans la sagesse de l'attente plane une espèce de religiosité débonnaire.

Avec le même accent, on met le chapeau, on prend le parapluie. Le chapeau, le parapluie ne vous appartiennent pas. C'est vous qui appartenez au code qui consiste à se couvrir d'un chapeau, à se munir d'un parapluie. On peut dès lors vous aborder avec une familiarité apparente — Tu as mis le chapeau ? — qui prend en même temps ses distances, puisqu'en vous couvrant d'un chapeau vous n'avez pas opté pour un élément de votre garde-robe, mais emprunté les signes d'un cérémonial transparent ; vous vous êtes inscrit dans une tradition. C'est à la fois rassurant et inquiétant. Vous n'êtes jamais seul, mais vous menez la vie des autres. Pas votre vie. La vie.

Comme une absence

C'est au théâtre. Depuis le début de la pièce on a plongé, joué le jeu, suivi l'action. On a éprouvé ce sentiment de plénitude que donne la parole partagée. Chaque personnage détient sa part de vérité, qui lui impose sa solitude, au-delà de la conviction. En spectateur, un peu démiurge, comme l'acteur ou le metteur en scène, on tient le tout dans une bulle, les destins séparés mais aussi l'espace qui les sépare — la vie.

Et voilà que tout d'un coup on lâche tout, au cours d'un monologue, souvent. Plus envie de comprendre, de partager. On part ailleurs pour être là. Plus au théâtre mais dans le théâtre. On se laisse absorber par ce halo de lumière que le contre-jour découpe le long de la silhouette de l'acteur — on vole même un peu dans la poussière flottante tout autour. On ne pense plus à rien qu'à la texture de ce pull-over gris à col roulé sous le costume sombre, étrangement liée à la structure de la scène, aux traces claires laissées par les semelles sur le sol caoutchouteux. Il y a bien là quelqu'un qui s'agite et sans doute témoigne, implore, se repent. Mais tout cela est devenu pure abstraction. Le timbre de la voix ne détache plus l'essentiel, compte comme un reflet sur les mocassins noirs. Quand tous les éléments ont perdu leur substance dramaturgique et lévitent dans une neutralité bienveillante, on commence à les habiter avec ses propres soucis du moment, espoirs, craintes, chagrins, un souvenir parfois.

Cela dure quelques instants, quelques minutes au plus. Et puis curieusement les mots, les gestes de l'acteur semblent reprendre possession de leur fiction. On y revient plus fort, et comme délivré de soi. Il faut ce sas. S'éloigner pour y croire. C'est comme quand on lit. Au bout d'une demipage parfois on se rend compte qu'on a perdu le fil, ou plutôt que les mots se sont mis à nous parler de tout autre chose : de nous. On reprend pied, mais c'est toujours difficile de savoir à quel endroit précis on s'est échappé vers soi-même. On a eu cette absence.

« Seigneur, que de vertus… »

Évidemment, le gamin n'a pas paru conquis — ses parents lui avaient déjà offert le DVD d'Harry Potter pour son anniversaire. La mollesse de son enthousiasme lors du déballage a tout de suite été interprétée comme il souhaitait qu'elle le fût, en dépit d'une simulation d'illumination tardive. D'ailleurs, Tatie Michèle subodorait le risque, car elle s'était modérément impliquée dans la recherche du cadeau, et son « Tu peux le changer si tu l'as déjà, j'ai gardé le ticket » est tombé bien vite. Il n'empêche, c'était quand même une bonne idée dans l'absolu — je sais qu'il adore Harry Potter, et puis c'est bien, maintenant, les DVD, il y a les secrets de fabrication, le *making off*, comme ils disent. Au milieu des conversations adultes sur les merveilles de la technologie, étouffant dans leur enjouement l'échec des cadeaux vite faits ratés, l'enfant a remercié honorablement, deux bises à Tatie Michèle, contrat rempli en apparence.

Mais pourquoi les mères veulent-elles toujours que le mieux soit l'ennemi du bien ? La maman du gamin a souhaité aller jusqu'au bout de l'orthodoxie :

— Tu peux dire merci aussi à Tonton Henri !

Les composantes psychologiques à l'origine de cette intervention sont complexes. Un léger triomphalisme à l'égard de la belle-sœur est peut-être décelable, auquel cas le « merci aussi à Tonton Henri » pourrait être perçu comme un « merci *quand même* à Tonton Henri ». Par ailleurs, les différents membres de l'assemblée ont chacun leur réaction. Une lueur de fierté dans l'œil de la grand-mère — ma fille a toujours souhaité que ses enfants aient une éducation parfaite, et nous savons chez nous ce qu'est l'équilibre d'une vraie famille. Moue désapprobatrice du mari — qu'est-ce qu'elle a besoin de l'embêter avec ça, puisqu'il l'a déjà !

Mais le plus gêné est le Tonton Henri soi-même, qui ne savait pas ce que sa femme avait choisi d'offrir à leur neveu. Certes, sa participation financière est virtuellement incontestable, mais tout cela sonne très faux. Les bises du gamin prennent un je-ne-sais-quoi de réprobateur dans leur lenteur conventionnelle. L'oncle Henri tente d'alléger la scène avec un bredouillement où l'on peut deviner dans une confusion pâteuse les éléments épars des deux phrases attendues : c'est bien normal, c'est pas grand-chose. Mauvais texte, mauvais rôle, mais tout d'un coup ce vers qui lui revient à point pour le faire sourire de l'intérieur :

« Seigneur, que de vertus vous nous fîtes haïr ! »

Vincennes-La Défense

Elle avance dans le wagon, essoufflée, une canne anglaise à la main. On ne comprend d'abord pas pourquoi elle ne s'assoit pas sur une banquette ; en fait elle cherche un strapontin, pour être moins coincée, pouvoir se relever plus vite. Elle est plutôt forte, assez âgée, au moins la soixantaine... Seule dans le métro à près de minuit. Son visage très pâle traduit l'effort, sans doute la souffrance. Sur le strapontin libre à côté d'elle vient s'asseoir un jeune homme monté à Châtelet. Jean noir, blouson noir, vingt-cinq ans peut-être. Ils ne se regardent pas d'abord. Puis le garçon sort de sa poche une minuscule console de jeux vidéo. Il ne la met pas en marche tout de suite, se contente de la soupeser entre ses mains, de la contempler. Alors elle se tourne imperceptiblement vers lui et dit une phrase qu'on entend mal, quelque chose comme « Jamais vu encore de comme ça ».

Commence alors un étonnant dialogue, explications techniques de la part du garçon, questions intéressées de la dame. On le devine à leur expression, à leurs gestes, sur fond de brinquebalement. C'est meilleur de ne pas percevoir le contenu précis de leurs phrases. S'ébauche un rapport humain sans avenir. Ils ne savent même pas quand les mots vont finir, quand l'autre va descendre. Cela ne les empêche pas de bavarder tranquillement, sans précipitation, sans gêne. Au début, bien sûr, on a pensé que le contact était surtout important pour la vieille dame seule. Mais on n'est plus très sûr à présent. Le garçon ne sourit pas avec condescendance en faisant ses commentaires. Son débit est très calme, naturel. De son côté, on sent que la dame ne l'ennuie pas avec des considérations du genre « J'ai des petits-enfants passionnés par les jeux vidéo, etc. »

La vieille dame à canne anglaise et le jeune homme se parlent sans effort dans la touffeur du métro anonyme, un soir à minuit, sur un tronçon mal défini de la ligne n° 1 Vincennes-La Défense.

On n'est pas couchées !

On croit que c'est vraiment fini. Après les trois rappels, la salle s'est rallumée, on a tiré le rideau rouge. Certaines personnes commencent à sortir, en enfilant leur veste ou leur manteau. Et puis, quand même, le chanteur revient saluer une dernière fois, et les applaudissements montent encore d'un ton, public debout, hommage final, et presque en même temps posture de départ résigné.

Alors on sait que c'est un équilibre infime. Le chanteur salue, remercie, les yeux un peu dans le vague. Sa dernière chanson clôturait vraiment la fête, prenait un sens symbolique dans l'économie du spectacle. Une autre (quelle autre ?) pourrait modifier cet ensemble, lui enlever de son unité, de son émotion. On sent qu'il hésite quand même, parce que le claquement des mains a repris à la seconde une vigueur inattendue — peut-être en signe de reproche pour ceux qui renoncent, et remontent déjà les allées. Les « Une autre, une autre ! » ont senti une ouverture, une faiblesse, et se refont mordants, la vague se refuse à refluer. On entend des titres proposés au balcon, un rang de jeunes se met à taper du pied. Une dame entre deux âges accompagnée de deux amies a plié son imper sur son fauteuil. Elle esquisse un geste pour le reprendre, mais à cet instant précis quelque chose se met à flotter. Le chanteur semble interroger un technicien sur le côté, et voilà que le rideau s'ouvre de nouveau. La salle est encore allumée. Maladroitement, la dame replie son imper et le garde à la main. Un petit frémissement de satisfaction parcourt le théâtre, pendant que le chanteur s'en revient lentement vers le micro — mais on a bien compris qu'il fait maintenant seulement semblant d'hésiter sur le titre à interpréter. L'imper de la dame est tout froissé. Elle se rassoit, jubile en faisant mine de maugréer, et se tourne vers ses compagnes :

— Eh bien, on n'est pas couchées !

Dans la voiture

On ne se regarde pas. Le conducteur fixe la route. Quant au passager, même si rien ne l'y contraint expressément, il se conforme à l'attitude de son voisin. Ce serait impudique de fixer celui qui ne peut tourner la tête. C'est dans un long trajet, quand on a épuisé les ressources d'une émission de radio, puis d'un CD, le dernier de Keren Ann, d'accord. La nuit d'hiver s'installe tôt. Il reste encore trois cents kilomètres, tu n'as plus de réglisse-menthe ? Il pourrait se mettre en codes, celui-là ! On sent que ça vient doucement ; c'est tellement plus facile, quand le regard ne vient pas soupeser l'équilibre entre l'expression du visage et le sens des paroles. Le corps est toujours une gêne, il en dit trop. La vérité ? Peut-être, mais cette vérité peut devenir mensonge, si les paroles sont obligées de reculer d'autant. Dans la nuit commençante, corps abolis dans l'habitacle, ceinturés, les mots montent du fond de soi.

Ils disent, d'une voix affermie par nécessité — juste de quoi couvrir le bruit du moteur — des fêlures inattendues, qui viennent épouser familièrement les contours de la route, comme si le chemin à découvrir les provoquait, les révélait, perspectives d'avenir ou de passé en lignes droites, courbes maîtrisées des contradictions. Les villes annoncées par un éclat mauve orangé du ciel appellent un long silence, puis la conversation reprend, avec ce rythme pacifiant d'un double monologue qui prendrait sans effort la mesure de l'autre, toute une ampleur d'écoute et de respect. C'est un étrange confessionnal sans prêtre, sans absolution, parfois même sans contrition. Plus tard viendront le désir de sommeil, le besoin des infos. La route se rétrécira, on dira des choses qui ne comptent plus, un peu de mal des autres, trois phrases sur l'orage menaçant. On rentrera dans sa coquille. Plus de réglisse-menthe. On connaît le trajet.

La séance de tirs au but

C'est mieux que les duels dans les westerns. Sept ou huit minutes apoplectiques, à l'issue des matchs qui ont trop duré. À la fin de la prolongation déjà, certains joueurs sont saisis par des crampes, mais on ne peut plus faire entrer de remplaçants : l'héroïsme commence. L'arbitre siffle la fin des cent vingt minutes, sans trop déborder — on sait très bien qu'on doit en venir là. Les exhortations véhémentes des entraîneurs font soudain place à un calme presque compassionnel à l'égard des joueurs. Il ne s'agit plus de les encourager, mais de les livrer au destin, avec les ménagements d'usage, quelques tapes dans le dos qui ressemblent à des condoléances. Tous ceux qui ont accepté de tirer se rendent dans le rond central avec les deux gardiens de but. Ils sont soudain si loin de tout, prisonniers dans ce cercle du courage.

On tire au sort entre les deux capitaines pour

désigner celui qui choisira le but où seront exécutées les hautes œuvres. Le gagnant désigne toujours la cage derrière laquelle sont rassemblés les supporters de son équipe, et le public entier recommence à donner de la voix, de la crécelle, de la trompette, du tam-tam. C'est dans ce charivari que les tireurs et les gardiens vont s'affronter comme des somnambules. Une guerre des nerfs où chaque geste compte. Il y a parfois une surprenante poignée de main franche entre goal et tireur. Mais le plus souvent ce sont d'infimes provocations, des tentatives d'agacement masquées d'indifférence. Le gardien de but dirige le manège. Il laisse le ballon au fond des filets pour que le tireur aille l'y chercher, s'englue quelques secondes dans la nasse, y perde encore du peu de sérénité qui lui restait. Pourtant, le buteur tente de donner le change en prenant tout son temps quand il place la balle à l'extrémité du point de penalty. Sa finesse devient infinitésimale : s'il oblige l'arbitre à intervenir pour replacer le ballon, c'est lui qui fait les frais nerveux de l'opération.

À chaque tir réussi, le buteur exprime moins la joie que le soulagement. Les plus audacieux — ou les plus inconséquents — lèvent le poing vers les supporters adverses. Mais l'entraîneur reste impavide : c'est à peine si son rythme masticatoire s'emballe autour de son chewing-gum.

Tout ce rituel de têtes baissées, résignées, de silhouettes accablées, ces tensions contenues, et puis la fin, si dérisoire — après la cruelle beauté du drame, l'épilogue sonne faux.

C'est à vous que je parle ma sœur

Suivant la classe sociale des parents, l'expression peut aller de « Cessez de faire les sots » à « Vous allez vous en manger une ! », mais l'intonation de l'ordre et de la menace sont pareillement nuancées d'une incontestable résignation. Visiblement, ils ne se croient pas le pouvoir d'empêcher leur progéniture d'agir à sa guise, de casser les oreilles des passants ou d'entraver leur marche, dans une surexcitation que la mise en garde n'a fait qu'aviver, après quelques secondes de fausse hésitation.

Car on est dans un endroit public, sur un trottoir ou bien dans un hypermarché. L'indignation, la colère parentales font semblant de s'adresser au mouflet, mais personne n'est dupe. Elles sont en fait destinées au public, et n'interviennent qu'au moment où le risque devient patent d'une remarque extérieure désobligeante. La brutalité de l'injonction est des plus matoises. À défaut de prétendre à une quelconque efficacité à l'encontre du marmot, elle tient à distance le spectateur agacé, et lui dit en langage codé : « Ne te (vous) mêle (mêlez) pas de ça, ce sont mes oignons (affaires). » Il y a une humilité pitoyable dans cette sévérité tardive qui ne sait rien exiger des siens, mais revendique la liberté de se laisser dépasser sans que les autres viennent y mettre le nez. Le principe d'éducation se mue en exigence de tranquillité. On entend tout cela dans cet infime décalage de la voix qui ordonne la faiblesse, menace de l'absence de sanction. Comme si les rôles avaient été distribués au hasard — et les parents jouent leur texte sans y croire, sans même croire que les autres y croient.

Les dénicheurs

« La ferme était abandonnée depuis près de dix ans. Cécilia et Marc-Hervé l'achetèrent pour une bouchée de pain. » La première fois, on n'en croit pas ses yeux, quand on commence à lire le texte du reportage dans un magazine de décoration. Il faut bien avouer qu'on les lit rarement. On se contente des légendes, à côté des photos, en caractères un peu plus gras, dans la marge. Pris par l'atmosphère on se laisse faire, et c'est agréable de changer d'habitat au fil des pages, de vivre tour à tour dans un château en Touraine, un mas provençal, un chalet savoyard. Pourtant, on devrait déjà se méfier quand on découvre ces mots : « Le lustre a été déniché chez un antiquaire de Murano. » On n'a vraiment pas de chance : quand on est allé à Murano, on n'a vu que des boutiques pour touristes gogos. À Murano pourtant, Marc-Hervé et Cécilia ont tout de suite trouvé un antiquaire. Et ils ont déniché.

C'est fou ce qu'ils dénichent, Marc-Hervé et Cécilia. Dans les brocantes, les déchetteries, chez Emmaüs. Et puis le travail ne leur fait pas peur. Dedans, dehors. Le vaisselier, un ancien meuble de mercerie, a été entièrement décapé à la main par Marc-Hervé. Cécilia fait elle-même toutes ses boutures. Ils ont trois enfants, un parc de deux hectares. Un parc… Une ancienne friche, qu'ils ont débroussaillée de week-end en week-end, — car le reste de la semaine, ils vivent et travaillent à Paris. Il n'est jamais question de jardinier, de femme de ménage ou de jeune fille au pair. Un abattement vous gagne à découvrir le terrifiant dynamisme de Cécilia et de Marc-Hervé, l'inoxydable harmonie qui les préserve. Ils poussent le talent jusqu'à arborer une mine rayonnante, pas une once de fatigue au coin des yeux, en dépit de ces travaux d'Hercule. Et quelle impeccable élégance dans les vêtements de ce couple que rien ne rebute, et qui s'adonne aux tâches les plus triviales pour votre seul plaisir de feuilleteur voyeur un peu jaloux ! Ridiculement jaloux. N'aviez-vous pas compris que Cécilia et Marc-Hervé étaient d'une autre espèce ? L'espèce qui habite les maisons des magazines de décoration.

Il est pas méchant

Chaque fois, on se sent ridicule.

— Ne vous en faites pas, il est pas méchant !

Et c'est toujours très méprisant. Percé à jour, on doit bien convenir que l'on a peur. Vraiment, cela se voit autant que ça ? On croyait donner le change avec un « couché couché » faussement débonnaire. Mais les chiens, vous savez, ils le sentent. Autrement dit, pas moyen de tricher, et votre babillage dérisoire n'est que niaise simulation. Votre peur transpire, et l'aimable toutou vous terrorise à juste titre : la terreur vient de vous. À votre insu, vous répandez sans doute une odeur, quelle horreur, un signe d'infamie, peut-être trop discret pour les humains, mais que les chiens…

— Allez, couché !

Comme on le hait, cet aplomb du propriétaire ! Comme on l'envie, cette tranquille autorité. Le pire, toutefois, c'est quand elle est transgressée, quand le molosse continue à gronder à vos pieds, en feignant de ne pas vous regarder. On gagne alors le droit d'entendre un :

— Je comprends pas. Il ne fait jamais ça !

Vous voilà rejeté dans la catégorie des anormaux, des vaguement pervers. Si le chien vous en veut autant, c'est qu'il doit bien y avoir en vous une tare secrète, une hostilité latente.

Plus tout à fait latente, pour le coup. Davantage qu'à l'obstiné canidé, elle se voue au maître. Car il le fait exprès, bien sûr. Cette façon de laisser son médor en liberté juste ce qu'il faut pour agresser autrui en toute bonne foi — excusez-moi, je ne vous avais pas vu arriver —, toute cette stratégie matoise qui possède un seul but : vous diminuer, vous rabaisser au rôle de vaincu contraint d'implorer la clémence, c'est tout un art. L'écologie apparente du possesseur qui laisse un peu vagabonder sa bête n'est là que pour masquer un sadisme goguenard, si confortable. Et ça, vous le sentez, car après tout les chiens n'ont pas l'apanage complet de la médiumnité. Attention. Maître pervers.

Le paysage d'automne est accompli

C'est une lettre venue de l'étranger, rédigée par une jeune étudiante suédoise. La langue française y est dans l'ensemble très bien maîtrisée, avec quelques petites fautes de syntaxe ici et là. Mais soudain saute aux yeux une phrase qui ne se dit pas chez nous : « Devant ma fenêtre, le paysage d'automne est accompli. » C'est tout à coup comme une musique différente, profondément émouvante, comme toutes les mélodies qui conduisent juste à côté de l'endroit où on pensait qu'elles allaient nous mener. Bien sûr, il s'agit de la traduction d'un mot suédois, qu'un autre mot français aurait peut-être approché davantage. Mais lequel ? On n'a pas envie de chercher, parce que dans son étrangeté « accompli » est parfait ici. Plus que parfait. Il porte en lui un regard neuf. Il y a sans doute l'idée de plénitude. Un moment fragile : la perfection du paysage d'automne, de la lumière molle et des fruits doux, un peu de bleu, beaucoup de roux. Sans doute. Mais peut-être « accompli » veut-il recouvrir aussi une autre fragilité, la sensation que tout est bien fini, que l'hiver peut arriver. En Suède le soir doit tomber si tôt — la lettre est datée de la mi-novembre. La jeune étudiante a-t-elle eu recours à un dictionnaire des synonymes ? Y a-t-il en suédois un mot qui exprime à la fois le début d'une petite mort et la sérénité triomphale d'un accomplissement ? Peu importe. La phrase est en français, à l'encre bleu marine, avec une écriture assez large et ferme sur le papier mince. Les mots disent ce qu'ils veulent dire puisqu'ils sont là. Ils ont ce pouvoir mêlé de bonheur et de résignation, de satisfaction sereine et de défaite consentie.

Ce que l'autre a vraiment voulu dire ne compte pas. Ce qu'il a dit nous appartient, bien loin de la Suède, et tant mieux si l'on s'invente une autre histoire, une atmosphère décalée. C'est bien, si l'idée vient du froid. Mais si elle vient de nous, d'une approximation que nous menons à notre guise, c'est encore mieux. Les mots juste à côté refont le monde. Devant ma fenêtre, le paysage d'automne est accompli.

La vérité de Perdican en col roulé

— Je ne savais pas que vous aviez fait du théâtre.

La personne à qui l'on dit cela pourrait se contenter de répondre :

— Si. Je suis même resté deux ans au conservatoire de Bordeaux.

Mais comme pour corroborer ses dires, elle se lance incontinent dans un extrait qu'elle connaît encore, et dès lors vous retrouvez des sensations familières. Vous avez déjà vécu la même scène, peut-être dans la vie, ou bien à la télévision, un chanteur célèbre qui aurait commencé par vouloir être acteur, ou même un homme politique, dans une de ces émissions où l'on pousse les invités à s'épancher.

C'est un extrait de tirade, évidemment. Le texte vous paraît à la fois familier et mystérieux. Ce n'est pas une tarte à la crème, Ah ! non, c'est un peu court jeune homme, Percé jusques au fond du cœur, ou bien Je vis de bonne soupe et non de beau langage. D'ailleurs ce ne sont pas des vers, mais une prose étonnamment modernisée par un débit précipité, un arasement janséniste des effets. En quelques secondes, sans la moindre reprise de souffle, cela peut être :

« Tous les hommes sont menteurs, inconstants, faux, bavards, hypocrites, orgueilleux et lâches, méprisables et sensuels. Toutes les femmes sont perfides, vaniteuses, curieuses et dépravées : le monde n'est qu'un égout sans fond où les phoques les plus informes rampent et se tordent sur des montagnes de fange ; mais il y a au moins une chose sainte et sublime, c'est l'union de ces deux êtres si imparfaits et si affreux. »

On trouve cela extrêmement séduisant. On a la chair de poule. Une personne en col roulé, au cours d'une conversation banale, et tout d'un coup les mots sont autre chose. Le théâtre, celui que l'on va voir en spectacle, ne donne que très rarement cette certitude d'une révélation. Les protagonistes y déroulent tour à tour le fil d'une pensée prévisible, étayée par toutes les scènes précédentes. Mais là, on se trouve plongé d'emblée dans ce mystère irréductible : une morale séduisante et désenchantée enchâssée dans l'essence de la langue. Sans aucun artifice, dans un murmure étale, Perdican nous parle dans un mélange de lyrisme et de mélancolie d'autant plus contemporain qu'il fait semblant d'habiter les rites d'une syntaxe, d'un lexique ancien. On se sent obligé de s'étonner :

— Vous la connaissez par cœur ?

Ce la désigne moins la pièce que la vérité.

Les vrais problèmes

On se sent un peu bête, en arrivant dans la salle de réunions. Un peu trop docile, trop prêt à sacrifier son temps à un moment de vie bien cérémonieux pour son utilité réelle. Il est de bon ton de jouer la désinvolture, de badiner un brin :

— Personne à côté ? Je vais pouvoir m'asseoir près de ma collègue préférée !

On se retourne vers les places voisines, où l'on suscite un :

— Si on vous dérange, on peut vous laisser seuls !

Mais on a beau croiser les jambes en vieux routard de la communication subie, on se méprise vaguement d'être là. Pour se dédouaner, on chuchote un « On va encore dire des choses passionnantes ! » pendant que les autorités directoriales prennent place avec un sourire enjoué mais une gestuelle assez raide qui semble cacher une certaine appréhension.

Un silence gêné suit le rituel « On va peut-être attendre une minute les retardataires. » Ensuite, l'ordre du jour est lu dans une atmosphère distraite, presque chloroformée. La première question évoquée ne dissipe en rien cette lourdeur hibernante. Les agendas sortent des poches, les stylos. Il y a un modestement triomphal :

— Non ! jeudi en quinze, nous serons le 27 octobre, pas le 28.

Puis, tout retombe dans le monocorde univoque.

Et tout d'un coup, on sent que ça vient. C'est écrit à l'avance ; quelqu'un va finir par élever une voix altérée par l'émotion, les têtes vont se tourner :

— Je me demande un peu pourquoi nous sommes réunis ce soir si on n'aborde pas les vrais problèmes !

Une déferlante approbative souligne cette courageuse prise de risque, et l'on se sent moins lâche. Oui, les vrais problèmes… Lesquels, toutefois ? On serait assez ennuyé d'avoir à les définir. Car le soutien presque physique apporté au trublion par la majorité de l'assemblée est d'essence équivoque. Pour presque tout le monde, le vrai problème c'est de se réunir quand on n'a rien à dire, et le contestataire est moins soutenu pour la nature de la brèche que pour la brèche elle-même, qui libère soudain un souffle d'air. Et l'on s'en veut toujours de ne pas avoir osé soi-même, juste pour se donner cette illusion : sur chaque réunion peut planer quelques instants l'espérance vibrante de sa négation.

Elle peut se le permettre

Quelle traîtrise ! Elle s'attend à recevoir un assentiment outré, qui les mettra dans le même camp, pour faire face à la concurrence déloyale.

— Tu as vu son maillot ?

Et certes, la sulfureuse créature sensuellement étendue à quelques mètres a tout pour provoquer l'effarouchement. Ce string si incongru sur une plage au caractère familial bien connu, ce soutien gorge à balconnets ranimant le mythe d'une Ursula Andress sortant des ondes ! Mais en place du « tss » espéré, ou au moins d'un mouvement de tête traduisant la réprobation, elle ne reçoit en écho de sa copine qu'un regard évaluatif, suivi de ce coup de poignard :

— Remarque, elle peut se le permettre !

Le silence qui suit est redoutable. L'offensée se voit non seulement réduite au rôle de réactionnaire dérisoire, mais aussi à celui de réactionnaire mue par la jalousie. À ses côtés, sa camarade l'emporte par sa grandeur d'âme. Elle possède ce panache des humbles qui savent consommer leurs défaites sans aigreur. On ne peut lui reprocher d'afficher sa propre modestie, mais sa façon d'infliger aux autres une modestie qu'ils ne songeaient pas à revendiquer n'est pas d'une extrême délicatesse. Ainsi donc, il faut se considérer comme un couple de filles mal fichues. Il y a des façons plus agréables de convoquer la complicité. Un instant décontenancée, la supposée mesquine tente de sauver la face au nom de la moralité :

— Non, tu vois, moi, même si j'avais un corps parfait, je n'aimerais pas m'afficher comme ça.

Elle dit ces mots avec une réelle conviction, des accents de sincérité incontestables. Mais cela passe mal, elle le sent trop, et la fin de la phrase tremble moins de dégoût affecté que d'irritation mal contenue. Certaines hypothèses sont cruelles, par trop d'écart avec une réalité que le miroir n'est pas seul à refléter. C'est dur de jouer le jeu des pudibondes par défaut.

Vente sur requête

Dans le jardinet, un petit groupe est déjà assemblé. L'huissier installe une table basse sur une autre un peu plus large, afin de dominer les débats. Dès les premiers objets exposés — des tasses, des pots à épices, une poissonnière, des plats de toutes sortes, le dialogue entre le public et l'adjudicateur est d'une familiarité croustillante :

— Cinq pots en étain ! Enfin… six pots. Quand on aime, on compte pas. Mise à prix, six euros !

Grand silence dans l'assistance, puis une voix fait :

— Deux !

L'huissier : Tu t'fous d'moi ? Moi aussi, j'ai la télé. J'rentr' chez moi la r'garder, si tu veux !

Une autre voix : Est-ce que t'as mis l' jus d'dans ?

Une autre : Et l'calva ?

Cela va durer comme ça deux heures, avec des passages d'une trivialité plus appuyée quand on évoquera le cannage percé d'une chaise, ou quand l'huissier se ceindra d'un tablier de cuisinière. Mais en même temps, de part et d'autre, une certaine réserve. Les phrases viennent à petites bouffées pour réchauffer l'atmosphère, les haleines fument. Une barbotine vert amande ne déchaîne pas l'enthousiasme. On lui ajoute un plat à poisson breton qui ne soulève pas davantage de passions, quand une petite fille s'exclame :

— On l' prend pour mamie, elle a l'bol pareil !

Et on le prend pour mamie. Les tableaux de l'école de Barbizon qu'annonçait le journal sont deux croûtes infâmes. On les a vus en pénétrant dans la maison, un peu intimidé, sans trop savoir si cela se faisait. Cela doit se faire, puisqu'on vous laisse regarder.

Côté coulisses, le spectacle est plus triste. Les héritiers sont là, dans les courants d'air, attendant qu'on brade à dix ou quinze euros tous les objets familiers. C'est une lente incinération, ces poussières de vie qui s'envolent une à une, estimées à leur juste prix, celui de l'envie des autres, quand elles devaient enfermer tant de choses, de gestes, de goûts et de manies. La friteuse et les petits sabots en porcelaine, le fer à repasser, les manches à gigot et le nécessaire à fumer. Tout cela se disloque, s'effondre, et sous la bonhomie des commentaires, c'est une tragédie *mezza voce*.

— On fait un lot. Dix euros ! Personne ? tant pis, j'ai tout mon temps. On détaille !

On détaille en effet. Les objets se dispersent, et vont rejoindre peu à peu le coffre des voitures rangées au long de la route. C'est simple, et souvent drôle, cette petite mort à l'encan. L'après-midi s'amenuise. Un brouillard gris a gagné toute la plaine.

Va-t-elle acheter ce tissu ?

Dans les tableaux de Pietro Longhi, les visages sont figés, hésitent entre le sérieux inexpressif et un demi-sourire. C'est ce qu'on croit voir en s'approchant de la toile. Pourtant la vie est là, comme dans les pièces de son ami Goldoni, assez ternes à la lecture, et que les planches du théâtre animent d'une fraîcheur palpable à travers des problèmes d'argent mêlant maîtres et domestiques.

La toile s'intitule *Il Sarto*. Le tailleur. Dans cet intérieur bourgeois confiné — boiseries sombres tapissant les murs, miroir aux volutes prétentieuses dominant la cheminée — le tailleur propose à une jeune femme assise à ses côtés une riche étoffe bleu pétrole constellée de motifs brique et argent. La main droite de la femme s'approche du tissu pour en tâter la qualité. Elle hausse les sourcils, paraît séduite. Son regard se perd dans le vague, comme si elle songeait moins à la confection d'une robe qu'à une nouvelle image d'elle-même — la coquetterie comme moyen de changer la couleur des jours, de se reconnaître dans un autre personnage mystérieusement conforme et transformé. Près d'elle, le tailleur regarde dans un autre vide, celui de l'intérêt bien sûr, et celui du mépris. Il a ce sourire à la fois modeste et fat du commerçant certain de la qualité de son produit — peut-être même est-ce trop beau pour cette cliente frivole et assez ignorante — mais préparant au coin de ses lèvres l'acceptation d'un refus qu'il faudrait avaliser sans amertume apparente. Il est dans ces quelques secondes de l'hésitation finale, où trop d'empressement pourrait tout compromettre.

Scène de genre. Mais l'humour, l'énergie du tableau naissent avec les deux personnages de l'arrière-plan. Juste derrière le commerçant et la jeune femme se tient une servante, debout, un plateau à la main. Une de ces vieilles servantes qui n'hésitent pas à révéler le fond de leur pensée dans les tête-à-tête avec leur maîtresse. Ici, elle s'en tient à un silence sans équivoque. Son regard auquel on pourrait presque ajouter un balancement de tête réprobateur est destiné à un troisième vide, celui de la situation financière de la famille :

— Et dire que Madame est prête à se lancer dans des folies alors que j'ai eu du mal à lui soutirer assez d'argent pour le repas de ce soir !

Le quatrième acteur est plus muet encore. C'est un portrait accroché sur le mur lambrissé. De toute sa hauteur passée, il doit subir l'outrage de la décadence, la longueur de sa perruque n'y fera rien. Au pied de la jeune femme, une petite fille joue avec un caniche de salon. Elle semble elle-même une sorte de caniche enfantin, conçu pour égayer le décor avant de devenir un être humain.

Terrible scène, et si légère. Aucun des regards ne se croise. Mais la vie est là, dans cette façon qu'a Pietro Longhi de rassembler tant de regards étrangers, acteurs d'une comédie qui se révèle toute dans un instant infime, suspendu :

— Va-t-elle acheter ce tissu ?

DU MÊME AUTEUR

Aux Éditions Gallimard

LA PREMIÈRE GORGÉE DE BIÈRE ET AUTRES PLAISIRS MINUSCULES (prix Grandgousier 1997), (collection L'Arpenteur).

LA SIESTE ASSASSINÉE (collection L'Arpenteur ; Folio n° 4212).

LA BULLE DE TIEPOLO (collection Blanche).

DICKENS, BARBE À PAPA ET AUTRES NOURRITURES DÉLECTABLES (collection L'Arpenteur).

Gallimard Jeunesse

ELLE S'APPELAIT MARINE (Folio junior, n° 901). Illustrations in-texte de Martine Delerm. Couverture illustrée par Georges Lemoine.

EN PLEINE LUCARNE (Folio junior, n° 1215). Illustrations de Jean-Claude Götting.

Dans la collection Écoutez lire

LA PREMIÈRE GORGÉE DE BIÈRE ET AUTRES PLAISIRS MINUSCULES (2 CD)

DICKENS, BARBE À PAPA ET AUTRES NOURRITURES DÉLECTABLES (1 CD)

Aux Éditions du Mercure de France

IL AVAIT PLU TOUT LE DIMANCHE (Folio n° 3309)

MONSIEUR SPITZWEIG S'ÉCHAPPE (Petit Mercure)

MAINTENANT, FOUTEZ-MOI LA PAIX !

Aux Éditions du Rocher

ENREGISTREMENTS PIRATES (Folio n° 4454)

LA CINQUIÈME SAISON (Folio, n° 3826).

UN ÉTÉ POUR MÉMOIRE (Folio n° 4132).

LE BONHEUR. TABLEAUX ET BAVARDAGES

LE BUVEUR DE TEMPS (Folio n° 4073).

LE MIROIR DE MA MÈRE, en collaboration avec Marthe Delerm (Folio n° 4246)

AUTUMN (prix Alain-Fournier 1990), (Folio, n° 3166).

LES AMOUREUX DE L'HÔTEL DE VILLE (Folio n° 3976).

MISTER MOUSE OU LA MÉTAPHYSIQUE DU TERRIER (Folio n° 3470).

L'ENVOL.

SUNDBORN OU LES JOURS DE LUMIÈRE (prix des Libraires 1997 et prix national des Bibliothécaires 1997), (Folio n° 3041).

PANIERS DE FRUITS.

LE PORTIQUE (Folio n° 3761)

Aux Éditions Milan

C'EST BIEN.

C'EST TOUJOURS BIEN.

Aux Éditions Stock

LES CHEMINS NOUS INVENTENT.

Aux Éditions Champ Vallon

ROUEN (collection « Des villes »).

Aux Éditions Flohic

INTÉRIEUR (collection « Musées secrets »).

Aux Éditions Magnard Jeunesse

SORTILÈGE AU MUSÉUM.

LA MALÉDICTION DES RUINES

LES GLACES DE CHIMBAROZO.

Aux Éditions Fayard

PARIS L'INSTANT.

Aux Éditions du Seuil

FRAGILES. Aquarelles de Martine Delerm.

Aux Éditions du Serpent à Plumes

QUIPROQUO (Motifs n° 223.).

Aux Éditions Nil

À GARONNE.

COLLECTION FOLIO

Dernières parutions

4189.	Philippe Sollers	*Illuminations.*
4190.	Henry James	*La Source sacrée.*
4191.	Collectif	*«Mourir pour toi».*
4192.	Hans Christian Andersen	*L'elfe de la rose et autres contes du jardin.*
4193.	Épictète	*De la liberté* précédé de *De la profession de Cynique.*
4194.	Ernest Hemingway	*Histoire naturelle des morts* et autres nouvelles.
4195.	Panaït Istrati	*Mes départs.*
4196.	H. P. Lovecraft	*La peur qui rôde* et autres nouvelles.
4197.	Stendhal	*Féder ou Le Mari d'argent.*
4198.	Junichirô Tanizaki	*Le meurtre d'O-Tsuya.*
4199.	Léon Tolstoï	*Le réveillon du jeune tsar* et autres contes.
4200.	Oscar Wilde	*La Ballade de la geôle de Reading.*
4201.	Collectif	*Témoins de Sartre.*
4202.	Balzac	*Le Chef-d'œuvre inconnu.*
4203.	George Sand	*François le Champi.*
4204.	Constant	*Adolphe. Le Cahier rouge. Cécile.*
4205.	Flaubert	*Salammbô.*
4206.	Rudyard Kipling	*Kim.*
4207.	Flaubert	*L'Éducation sentimentale.*
4208.	Olivier Barrot/ Bernard Rapp	*Lettres anglaises.*
4209.	Pierre Charras	*Dix-neuf secondes.*
4210.	Raphaël Confiant	*La panse du chacal.*
4211.	Erri De Luca	*Le contraire de un.*
4212.	Philippe Delerm	*La sieste assassinée.*
4213.	Angela Huth	*Amour et désolation.*
4214.	Alexandre Jardin	*Les Coloriés.*

4215. Pierre Magnan — *Apprenti.*
4216. Arto Paasilinna — *Petits suicides entre amis.*
4217. Alix de Saint-André — *Ma Nanie,*
4218. Patrick Lapeyre — *L'homme-sœur.*
4219. Gérard de Nerval — *Les Filles du feu.*
4220. Anonyme — *La Chanson de Roland.*
4221. Maryse Condé — *Histoire de la femme cannibale.*
4222. Didier Daeninckx — *Main courante* et *Autres lieux.*
4223. Caroline Lamarche — *Carnets d'une soumise de province.*
4224. Alice McDermott — *L'arbre à sucettes.*
4225. Richard Millet — *Ma vie parmi les ombres.*
4226. Laure Murat — *Passage de l'Odéon.*
4227. Pierre Pelot — *C'est ainsi que les hommes vivent.*
4228. Nathalie Rheims — *L'ange de la dernière heure.*
4229. Gilles Rozier — *Un amour sans résistance.*
4230. Jean-Claude Rufin — *Globalia.*
4231. Dai Sijie — *Le complexe de Di.*
4232. Yasmina Traboulsi — *Les enfants de la Place.*
4233. Martin Winckler — *La Maladie de Sachs.*
4234. Cees Nooteboom — *Le matelot sans lèvres.*
4235. Alexandre Dumas — *Le Chevalier de Maison-Rouge.*
4236. Hector Bianciotti — *La nostalgie de la maison de Dieu.*
4237. Daniel Boulanger — *Tombeau d'Héraldine.*
4238. Pierre Clémenti — *Quelques messages personnels.*
4239. Thomas Gunzig — *Le plus petit zoo du monde.*
4240. Marc Petit — *L'équation de Kolmogoroff.*
4241. Jean Rouaud — *L'invention de l'auteur.*
4242. Julian Barnes — *Quelque chose à déclarer.*
4243. Nerval — *Aurélia.*
4244. Christian Bobin — *Louise Amour.*
4245. Mark Z. Danielewski — *Les Lettres de Pelafina.*
4246. Marthe et Philippe Delerm — *Le miroir de ma mère.*
4247. Michel Déon — *La chambre de ton père.*
4248. David Foenkinos — *Le potentiel érotique de ma femme.*
4249. Éric Fottorino — *Caresse de rouge.*

4250. J. M. G. Le Clézio — *L'Africain.*
4251. Gilles Leroy — *Grandir.*
4252. Jean d'Ormesson — *Une autre histoire de la littérature française, I.*
4253. Jean d'Ormesson — *Une autre histoire de la littérature française, II.*
4254. Jean d'Ormesson — *Et toi mon cœur pourquoi bats-tu.*
4255. Robert Burton — *Anatomie de la mélancolie.*
4256. Corneille — *Cinna.*
4257. Lewis Carroll — *Alice au pays des merveilles.*
4258. Antoine Audouard — *La peau à l'envers.*
4259. Collectif — *Mémoires de la mer.*
4260. Collectif — *Aventuriers du monde.*
4261. Catherine Cusset — *Amours transversales.*
4262. A. Corréard/ H. Savigny — *Relation du naufrage de la frégate la* Méduse.
4263. Lian Hearn — *Le clan des Otori, III : La clarté de la lune.*
4264. Philippe Labro — *Tomber sept fois, se relever huit.*
4265. Amos Oz — *Une histoire d'amour et de ténèbres.*
4266. Michel Quint — *Et mon mal est délicieux.*
4267. Bernard Simonay — *Moïse le pharaon rebelle.*
4268. Denis Tillinac — *Incertains désirs.*
4269. Raoul Vaneigem — *Le chevalier, la dame, le diable et la mort.*
4270. Anne Wiazemsky — *Je m'appelle Élisabeth.*
4271. Martin Winckler — *Plumes d'Ange.*
4272. Collectif — *Anthologie de la littérature latine.*
4273. Miguel de Cervantes — *La petite Gitane.*
4274. Collectif — *«Dansons autour du chaudron».*
4275. Gilbert Keeith Chesterton — *Trois enquêtes du Père Brown.*
4276. Francis Scott Fitzgerald — *Une vie parfaite* suivi de *L'accordeur.*
4277. Jean Giono — *Prélude de Pan* et autres nouvelles.
4278. Katherine Mansfield — *Mariage à la mode* précédé de *La Baie.*

4279. Pierre Michon — *Vie du père Foucault — Vie de Georges Bandy.*
4280. Flannery O'Connor — *Un heureux événement* suivi de *La Personne Déplacée.*
4281. Chantal Pelletier — *Intimités* et autres nouvelles.
4282. Léonard de Vinci — *Prophéties* précédé de *Philosophie et aphorismes.*
4283. Tonino Benacquista — *Malavita.*
4284. Clémence Boulouque — *Sujets libres.*
4285. Christian Chaix — *Nitocris, reine d'Égypte T. 1.*
4286. Christian Chaix — *Nitocris, reine d'Égypte T. 2.*
4287. Didier Daeninckx — *Le dernier guérillero.*
4288. Chahdortt Djavann — *Je viens d'ailleurs.*
4289. Marie Ferranti — *La chasse de nuit.*
4290. Michael Frayn — *Espions.*
4291. Yann Martel — *L'Histoire de Pi.*
4292. Harry Mulisch — *Siegfried. Une idylle noire.*
4293. Ch. de Portzamparc/Philippe Sollers — *Voir Écrire.*
4294. J.-B. Pontalis — *Traversée des ombres.*
4295. Gilbert Sinoué — *Akhenaton, le dieu maudit.*
4296. Romain Gary — *L'affaire homme.*
4297. Sempé/Suskind — *L'histoire de Monsieur Sommer.*
4298. Sempé/Modiano — *Catherine Certitude.*
4299. Pouchkine — *La Fille du capitaine.*
4300. Jacques Drillon — *Face à face.*
4301. Pascale Kramer — *Retour d'Uruguay.*
4302. Yukio Mishima — *Une matinée d'amour pur.*
4303. Michel Schneider — *Maman.*
4304. Hitonari Tsuji — *L'arbre du voyageur.*
4305. George Eliot — *Middlemarch.*
4306. Jeanne Benameur — *Les mains libres.*
4307. Henri Bosco — *Le sanglier.*
4308. Françoise Chandernagor — *Couleur du temps.*
4309. Colette — *Lettres à sa fille.*
4310. Nicolas Fargues — *Rade Terminus*
4311. Christian Garcin — *L'embarquement.*
4312. Iegor Gran — *Ipso facto.*
4313. Alain Jaubert — *Val Paradis.*
4314. Patrick Mcgrath — *Port Mungo.*

4315.	Marie Nimier	*La Reine du silence.*
4316.	Alexandre Dumas	*La femme au collier de velours.*
4317.	Anonyme	*Conte de Ma'rûf le savetier.*
4318.	René Depestre	*L'œillet ensorcelé.*
4319.	Henry James	*Le menteur.*
4320.	Jack London	*La piste des soleils.*
4321.	Jean-Bernard Pouy	*La mauvaise graine.*
4322.	Saint Augustin	*La Création du monde et le Temps.*
4323.	Bruno Schulz	*Le printemps.*
4324.	Qian Zhongshu	*Pensée fidèle.*
4325.	Marcel Proust	*L'affaire Lemoine.*
4326.	René Belletto	*La machine.*
4327.	Bernard du Boucheron	*Court Serpent.*
4328.	Gil Courtemanche	*Un dimanche à la piscine à Kigali.*
4329.	Didier Daeninckx	*Le retour d'Ataï.*
4330.	Régis Debray	*Ce que nous voile le voile.*
4331.	Chahdortt Djavann	*Que pense Allah de l'Europe?*
4332.	Chahdortt Djavann	*Bas les voiles!*
4333.	Éric Fottorino	*Korsakov.*
4334.	Charles Juliet	*L'année de l'éveil.*
4335.	Bernard Lecomte	*Jean-Paul II.*
4336.	Philip Roth	*La bête qui meurt.*
4337.	Madeleine de Scudéry	*Clélie.*
4338.	Nathacha Appanah	*Les rochers de Poudre d'Or.*
4339.	Élisabeth Barillé	*Singes.*
4340.	Jerome Charyn	*La Lanterne verte.*
4341.	Driss Chraïbi	*L'homme qui venait du passé.*
4342.	Raphaël Confiant	*Le cahier de romances.*
4343.	Franz-Olivier Giesbert	*L'Américain.*
4344.	Jean-Marie Laclavetine	*Matins bleus.*
4345.	Pierre Michon	*La Grande Beune.*
4346.	Irène Némirovsky	*Suite française.*
4347.	Audrey Pulvar	*L'enfant-bois.*
4348.	Ludovic Roubaudi	*Le 18.*
4349.	Jakob Wassermann	*L'Affaire Maurizius.*
4350.	J. G. Ballard	*Millenium People.*
4351.	Jerome Charyn	*Ping-pong.*
4352.	Boccace	*Le Décameron.*

4353. Pierre Assouline — *Gaston Gallimard.*
4354. Sophie Chauveau — *La passion Lippi.*
4355. Tracy Chevalier — *La Vierge en bleu.*
4356. Philippe Claudel — *Meuse l'oubli.*
4357. Philippe Claudel — *Quelques-uns des cent regrets.*
4358. Collectif — *Il était une fois... Le Petit Prince.*
4359. Jean Daniel — *Cet étranger qui me ressemble.*
4360. Simone de Beauvoir — *Anne, ou quand prime le spirituel.*
4361. Philippe Forest — *Sarinagara.*
4362. Anna Moï — *Riz noir.*
4363. Daniel Pennac — *Merci.*
4364. Jorge Semprún — *Vingt ans et un jour.*
4365. Elizabeth Spencer — *La petite fille brune.*
4366. Michel tournier — *Le bonheur en Allemagne?*
4367. Stephen Vizinczey — *Éloge des femmes mûres.*
4368. Byron — *Dom Juan.*
4369. J.-B. Pontalis — *Le Dormeur éveillé.*
4370. Erri De Luca — *Noyau d'olive.*
4371. Jérôme Garcin — *Bartabas, roman.*
4372. Linda Hogan — *Le sang noir de la terre.*
4373. LeAnne Howe — *Équinoxes rouges.*
4374. Régis Jauffret — *Autobiographie.*
4375. Kate Jennings — *Un silence brûlant.*
4376. Camille Laurens — *Cet absent-là.*
4377. Patrick Modiano — *Un pedigree.*
4378. Cees Nooteboom — *Le jour des Morts.*
4379. Jean-Chistophe Rufin — *La Salamandre.*
4380. W. G. Sebald — *Austerlitz.*
4381. Collectif — *Humanistes européens de la Renaissance.* (à paraître)
4382. Philip Roth — *La contrevie.*
4383. Antonio Tabucchi — *Requiem.*
4384. Antonio Tabucchi — *Le fil de l'horizon.*
4385. Antonio Tabucchi — *Le jeu de l'envers.*
4386. Antonio Tabucchi — *Tristano meurt.*
4387. Boileau-Narcejac — *Au bois dormant.*
4388. Albert Camus — *L'été.*
4389. Philip K. Dick — *Ce que disent les morts.*
4390. Alexandre Dumas — *La Dame pâle.*

4391. Herman Melville — *Les Encantadas, ou Îles Enchantées.*
4392. Pidansat de Mairobert — *Confession d'une jeune fille.*
4393. Wang Chong — *De la mort.*
4394. Marguerite Yourcenar — *Le Coup de Grâce.*
4395. Nicolas Gogol — *Une terrible vengeance.*
4396. Jane Austen — *Lady Susan.*
4397. Annie Ernaux/ Marc Marie — *L'usage de la photo.*
4398. Pierre Assouline — *Lutetia.*
4399. Jean-François Deniau — *La lune et le miroir.*
4400. Philippe Djian — *Impuretés.*
4401. Javier Marías — *Le roman d'Oxford.*
4402. Javier Marías — *L'homme sentimental.*
4403. E. M. Remarque — *Un temps pour vivre, un temps pour mourir.*
4404. E. M. Remarque — *L'obélisque noir.*
4405. Zadie Smith — *L'homme à l'autographe.*
4406. Oswald Wynd — *Une odeur de gingembre.*
4407. G. Flaubert — *Voyage en Orient.*
4408. Maupassant — *Le Colporteur* et autres nouvelles.
4409. Jean-Loup Trassard — *La déménagerie.*
4410. Gisèle Fournier — *Perturbations.*
4411. Pierre Magnan — *Un monstre sacré.*
4412. Jérôme Prieur — *Proust fantôme.*
4413. Jean Rolin — *Chrétiens.*
4414. Alain Veinstein — *La partition*
4415. Myriam Anissimov — *Romain Gary, le caméléon.*
4416. Bernard Chapuis — *La vie parlée.*
4417. Marc Dugain — *La malédiction d'Edgar.*
4418. Joël Egloff — *L'étourdissement.*
4419. René Frégni — *L'été.*
4420. Marie NDiaye — *Autoportrait en vert.*
4421. Ludmila Oulitskaïa — *Sincèrement vôtre, Chourik.*
4422. Amos Oz — *Ailleurs peut-être.*
4423. José Miguel Roig — *Le rendez-vous de Berlin.*
4424. Danièle Sallenave — *Un printemps froid.*

Composition Nord Compo
Impression Novoprint
à Barcelone, le 10 octobre 2006
Dépôt légal : octobre 2006

ISBN 2-07-033929-7./Imprimé en Espagne.

144492